GTB
Gütersloher Taschenbücher
1531

Es weihnachtet sehr

Advents- und Weihnachtsgedichte

Ausgewählt und herausgegeben von Jaan Hansen

Gütersloher Verlagshaus

Originalausgabe

Bibliografische Information Der Deutschen Bibliothek
Die Deutsche Bibliothek verzeichnet diese Publikation in der Deutschen Nationalbibliografie; detaillierte bibliografische Daten sind im Internet über http://dnb.ddb.de abrufbar.

ISBN 3-579-01531-1
8. Auflage, 2003

Umschlaggestaltung: Init, Bielefeld, unter Verwendung einer Zeichnung von Ursula Kirchberg, Lamstedt
Gesamtherstellung: Clausen & Bosse, Leck
Printed in Germany

Inhalt

(nach Gedichtanfängen und -überschriften)

Advent

Weihnachten

Advent

Tannengeflüster

Wenn die ersten Fröste knistern
In dem Wald bei Bayrisch-Moos,
Geht ein Wispern und ein Flüstern
In den Tannenbäumen los,
Ein Gekicher und Gesumm ringsherum.

Eine Tanne lernt Gedichte,
Eine Lärche hört ihr zu.
Eine dicke, alte Fichte
Sagt verdrießlich: Gebt doch Ruh!
Kerzenlicht und Weihnachtszeit sind noch weit!

Vierundzwanzig lange Tage
Wird gekräuselt und gestutzt
Und das Wäldchen ohne Frage
Wunderhübsch herausgeputzt.
Wer noch fragt: Wieso? Warum? Der ist dumm.

Was das Flüstern hier bedeutet,
Weiß man selbst im Spatzennest:
Jeder Tannenbaum bereitet
Sich nun vor aufs Weihnachtsfest.
Denn ein Tannenbaum zu sein: Das ist fein!

James Krüss

Advent

Advent, Advent,
Ein Lichtlein brennt.
Erst eins, dann zwei, dann drei, dann vier,
Dann steht das Christkind vor der Tür.

Zum 6. Dezember

Ich bin der heil'ge Nikolaus,
ich komm herab vom Himmelshaus;
der Weg ist weit, der Wind ist kalt,
und ein Jahrtausend bin ich alt.
Im Himmel hab' ich Reich und Thron,
ein Zepter und eine goldene Kron'.

Doch jedes Jahr um diese Zeit
vor Weihnachten, wenn's stürmt und schneit,
da mach' ich durch die Welt die Rund'
und tu mich braven Kindern kund.
Gott grüße euch, und seid nicht bang,
leicht ist die Prüfung und nicht lang.

Josef Georg Oberkofler

Guter Nikolaus

Guter Nikolaus,
komm in unser Haus,
triffst ein Kindlein an,
das ein Sprüchlein kann
und schön folgen will!
Halte bei uns still,
schütt dein Säcklein aus,
guter Nikolaus!

Ach, du lieber Nikolaus,
komm doch einmal in mein Haus!
Hab' so lang an dich gedacht!
Hast mir auch was mitgebracht?

Lieber, guter Nikolaus

Lieber, guter Nikolaus,
bring den kleinen Kindern was!
Laß die Großen laufen,
die können selber kaufen.
Komm noch heut in unser Haus,
pack die großen Taschen aus.
Setz den Schimmel untern Tisch,
daß er Heu und Hafer frißt;
Heu und Hafer mag er nicht,
Zuckerbacknes kriegt er nicht!
Nikolaus, Nikolaus!

Niklaus, Niklaus, heiliger Mann,
zieh die Sonntagsstiefel an,
reis damit nach Spanien,
kauf Äpfel, Nüss', Kastanien.
Bring den kleinen Kinder was,
laß die Großen laufen,
die können sich selbst was kaufen.
Setz dein Schimmelchen untern Tisch,
daß es Heu und Hafer frißt;
Heu und Hafer frißt es nicht,
Zuckerplätzchen kriegt es nicht.

Kiek an, wat is de Himmel so rot!

Kiek an, wat is de Himmel so rot!
Dat is dat Christkind,
de backt dat Brot.
De backt den Wiehnachtsmann sin Stuten
for all de lütten Leckersnuten.

Plattdeutsches Weihnachtsgedicht

Nüsseknacken

Boller, boller Rumpelsack –
Niklas trug sie huckepack,
Weihnachtsnüsse gelb und braun,
Runzlig, punzlig anzuschaun.

Knackt die Schale, springt der Kern,
Weihnachtsnüsse eß ich gern.
Komm bald wieder in dies Haus,
Guter, alter Nikolaus!

Albert Sergel

Nußknacker

Nußknacker, du machst ein grimmig Gesicht –
Ich aber, ich fürchte vor dir mich nicht:
Ich weiß, du meinst es gut mit mir,
Drum bring ich meine Nüsse dir.
Ich weiß, du bist ein Meister im Knacken:
Du kannst mit deinen dicken Backen
Gar hübsch die harten Nüsse packen
Und weißt sie vortrefflich aufzuknacken.
Nußknacker, drum bitt ich dich, bitt ich dich,
Hast bessere Zähn als ich, Zähn als ich.
O knacke nur, knacke nur immerzu!
Ich will dir zu Ehren
Die Kerne verzehren.
O knacke nur, knack knack, knack! immerzu!
Ei, welch ein braver Kerl bist du!

Hoffmann von Fallersleben

Der Bratapfel

Kinder, kommt und ratet,
was im Ofen bratet!
Hört, wie's knallt und zischt.
Bald wird er aufgetischt,
der Zipfel, der Zapfel,
der Kipfel, der Kapfel,
der gelbrote Apfel.

Kinder, lauft schneller,
holt einen Teller,
holt eine Gabel!
Sperrt auf den Schnabel
für den Zipfel, den Zapfel,
den Kipfel, den Kapfel,
den goldbraunen Apfel!

Sie pusten und prusten,
sie gucken und schlucken,
sie schnalzen und schmecken,
sie lecken und schlecken
den Zipfel, den Zapfel,
den Kipfel, den Kapfel,
den knusprigen Apfel.

Vor Weihnachten

Heimliche Zeit,
wenn es draußen friert und schneit
und der Christ ist nicht mehr weit!

Wie's tuschelt in den entferntesten Ecken,
kichert und lacht!

Überall Bepacktsein, Verstecken;
Vorfreude: wie anderen Freude man macht!
Hoffen und Wünschen webt feiernd durchs Zimmer:
Ein Heinzelmannwirken im Lampenschimmer.

Mich deucht, ich sah einen güldenen Schein:
Guckt da nicht Sankt Niklas zum Fenster herein?
Glocken erklingen in weiter Ferne.
Bratäpfelduft aus dem Ofen quoll.

Am nachtklaren Himmel schimmern die Sterne
verheißungsvoll
und schauen das Treiben und freuen sich mit
bei der eilenden Menschen frohklingendem Schritt.

Friedvolles Hasten weit und breit:
Weihnacht ist nahe! O heimliche Zeit!

Albert Sergel

Es treibt der Wind im Winterwalde

Es treibt der Wind im Winterwalde
die Flockenherde wie ein Hirt,
und manche Tanne ahnt, wie balde
so fromm und lichterheilig wird,
und lauscht hinaus. Den weißen Wegen
streckt sie die Zweige hin – bereit,
und wehrt dem Wind und wächst entgegen
der einen Nacht der Herrlichkeit.

Rainer Maria Rilke

Laß schauen uns dein Angesicht

Wir harren, Christ, in dunkler Zeit;
gib deinen Stern uns zum Geleit
auf winterlichem Feld.
Du kamest sonst doch Jahr um Jahr,
nimm heut auch unsrer Armut wahr
in der verworrenen Welt.

Es geht uns nicht um bunten Traum
von Kinderlust und Lichterbaum;
wir bitten, blick uns an
und laß uns schaun dein Angesicht,
drin jedermann, was ihm gebricht,
gar leicht verschmerzen kann.

Es darf nicht immer Friede sein;
wer's recht begriff, der gibt sich drein.
Hat jedes seine Zeit.
Nur deinen Frieden, lieber Herr,
begehren wir je mehr und mehr,
je mehr die Welt voll Streit.

Rudolf Alexander Schröder

Der Traum

Ich lag und schlief, da träumte mir
Ein wunderschöner Traum:
Es stand auf unserm Tisch vor mir
Ein hoher Weihnachtsbaum.

Und bunte Lichter ohne Zahl,
Die brannten rings umher,
Die Zweige waren allzumal
Von goldnen Äpfeln schwer.

Und Zuckerpuppen hingen dran:
Das war mal eine Pracht!
Da gab's, was ich nur wünschen kann
Und was mir Freude macht.

Und als ich nach dem Baume sah
Und ganz verwundert stand,
Nach einem Apfel griff ich da,
Und alles, alles schwand.

Da wacht ich auf aus meinem Traum,
Und dunkel war's um mich:
Du lieber, schöner Weihnachtsbaum,
Sag an, wo find ich dich?

Da war es just, als rief' er mir:
»Du darfst nur artig sein,
Dann steh ich wiederum vor dir –
Jetzt aber schlaf nur ein!

Und wenn du folgst und artig bist,
Dann ist erfüllt dein Traum,
Dann bringet dir der Heilge Christ
Den schönsten Weihnachtsbaum.«

Hoffmann von Fallersleben

Nun duftet Wachs

Nun duftet Wachs, nun glimmt der Tann,
Die Weihnachtszeit hebt wieder an.

Noch freust du dich am Lichterkranz,
Bald steht der Baum im vollen Glanz.

Bald hältst und hast du, was dir frommt,
Und dankst dem Herrn, der wiederkommt.

Ein Kindlein bringt dir grosse Freud:
Ach denk, ach denk, was das bedeut!

Schau's an, als wär's dein eigen Kind:
Der Weg nach Golgatha beginnt.

Rudolf Alexander Schröder

Es geht ein heimlich Funkeln

Es geht ein heimlich Funkeln
durch alle Welt verhüllt.
Es steht ein Stern im Dunkeln,
die Zeit ist nun erfüllt.

Die Weisen in den Winden
sind aller Fragen satt.
Der Engel soll sie finden,
der gute Botschaft hat.

Die Hirten in den Flocken
haben nicht Haus noch Licht.
Bald wird ein Wort frohlocken,
das heißt: Fürchtet euch nicht!

Ein Kindlein wird geboren
im Stall bei Ochs und Stier.
Die Welt ist nicht verloren:
Das Himmelreich ist hier.

Rudolf Otto Wiemer

Weihnachten

Vom Christkind

Denkt euch,
ich habe das Christkind gesehen!
Es kam aus dem Walde,
das Mützchen voll Schnee,
mit rotgefrorenem Näschen.
Die kleinen Hände taten ihm weh;
denn es trug einen Sack, der war gar schwer,
schleppte und polterte hinter ihm her.
Was drin war, möchtet ihr wissen?
Ihr Naseweise, ihr Schelmenpack,
meint ihr, er wäre offen, der Sack?
Zugebunden bis oben hin!
Doch war gewiß was Schönes drin;
es roch so nach Äpfeln und Nüssen.

Anna Ritter

Das Christkind

Die Nacht vor dem Heiligen Abend,
da liegen die Kinder im Traum.
Sie träumen von schönen Sachen
und von dem Weihnachtsbaum.

Und während sie schlafen und träumen,
wird es am Himmel klar,
und durch den Himmel fliegen
drei Engel wunderbar.

Sie tragen ein holdes Kindlein,
das ist der Heilige Christ.
Es ist so fromm und freundlich,
wie keins auf Erden ist.

Und wie es durch den Himmel
still über die Häuser fliegt,
schaut es in jedes Bettchen,
wo nur ein Kindlein liegt.

Es freut sich über alle,
die fromm und freundlich sind,
denn solche liebt von Herzen
das liebe Himmelskind.

Heut schlafen noch die Kinder
und sehen es nur im Traum.
Doch morgen tanzen und springen
sie um den Weihnachtsbaum.

Robert Reinick

Morgen, Kinder, wird's was geben

Morgen, Kinder, wird's was geben,
morgen werden wir uns freun!
Welch ein Jubel, welch ein Leben
wird in unserm Hause sein!
Einmal werden wir noch wach,
heißa, dann ist Weihnachtstag!

Wie wird dann die Stube glänzen
von der großen Lichterzahl!
Schöner als bei frohen Tänzen
ein geputzter Kronensaal.
Wißt ihr noch, wie vor'ges Jahr
es am Heil'gen Abend war?

Wißt ihr noch mein Räderpferdchen,
Malchens nette Schäferin,
Jettchens Küche mit dem Herdchen
und dem blankgeputzten Zinn?
Heinrichs bunten Harlekin
mit der gelben Violin?

Wißt ihr noch den großen Wagen
und die schöne Jagd von Blei?
Und die Kleiderchen zum Tragen
und die viele Näscherei?
Meinen fleiß'gen Sägemann
Mit der Kugel unten dran?

Welch ein schöner Tag ist morgen!
Neue Freude hoffen wir,
Unsre guten Eltern sorgen
lange lange schon dafür.
O gewiß, wer sie nicht ehrt,
ist der ganzen Lust nicht wert!

C. G. Hering

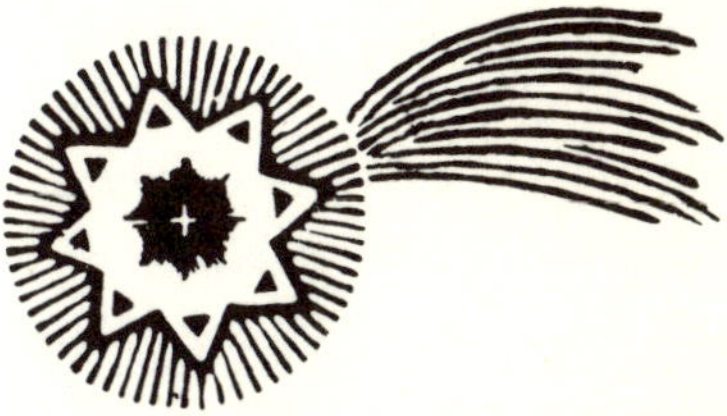

Der Weihnachtsstern

Wieder glänzt der Abendstern
und entzündet all die andern
Himmelslichter nah und fern.
Und er mahnt auch mich, zu wandern
durch das riesengroße All,
eine Reise anzutreten,
um in einem kleinen Stall
hinzuknien und anzubeten,
wo ein Kindlein diese Welt,
diese unermeßlich weite,
große, dunkle, tiefe, breite,
in den kleinen Händen hält.

Georg Thurmair

Der Stern

Hatt' einer auch fast mehr Verstand
als wie die drei Weisen aus Morgenland
und ließe sich dünken, er wäre wohl nie
dem Sternlein nachgereist, wie sie;
dennoch, wenn nun das Weihnachtsfest
seine Lichtlein wonniglich scheinen läßt,
fällt auch auf sein verständig Gesicht,
er mag es merken oder nicht,
ein freundlicher Strahl
des Wundersternes von dazumal.

Wilhelm Busch

Vom Himmel in die tiefsten Klüfte

Vom Himmel in die tiefsten Klüfte
Ein milder Stern herniederlacht;
Vom Tannenwalde steigen Düfte
Und hauchen durch die Winterlüfte,
Und kerzenhelle wird die Nacht.

Mir ist das Herz so froh erschrocken,
Das ist die liebe Weihnachtszeit!
Ich höre fernher Kirchenglocken
Mich lieblich heimatlich verlocken
In märchenstille Herrlichkeit.

Ein frommer Zauber hält mich wieder,
Anbetend, staunend muß ich stehn;
Es sinkt auf meine Augenlider
Ein goldner Kindertraum hernieder,
Ich fühl's, ein Wunder ist geschehn.

Theodor Storm

Weihnachten

Markt und Straßen stehn verlassen,
Still erleuchtet jedes Haus,
Sinnend geh' ich durch die Gassen,
Alles sieht so festlich aus.

An den Fenstern haben Frauen
Buntes Spielzeug fromm geschmückt,
Tausend Kindlein stehn und schauen,
Sind so wundervoll beglückt.

Und ich wandre aus den Mauern
Bis hinaus ins freie Feld,
Hehres Glänzen, heil'ges Schauern!
Wie so weit und still die Welt!

Sterne hoch die Kreise schlingen,
Aus des Schnees Einsamkeit
Steigt's wie wunderbares Singen –
O du gnadenreiche Zeit!

Joseph von Eichendorff

Knecht Ruprecht

Von drauß, vom Walde komm ich her.
Ich muß euch sagen, es weihnachtet sehr!
Allüberall auf den Tannenspitzen
Sah ich goldene Lichtlein blitzen.
Und droben aus dem Himmelstor
Sah mit großen Augen das Christkind hervor.

Und wie ich so strolcht durch den finsteren Tann,
Da rief's mich mit heller Stimme an:
Knecht Ruprecht, rief es, alter Gesell,
Hebe die Beine und spute dich schnell!

Die Kerzen fangen zu brennen an,
Das Himmelstor ist aufgetan.
Alt und Junge sollen nun
Von der Jagd des Lebens einmal ruhn.
Und morgen flieg ich hinab zur Erden,
Denn es soll wieder Weihnachten werden!

Ich sprach: O lieber Herre Christ,
Meine Reise fast zu Ende ist.
Ich soll nur noch in diese Stadt,
Wo's eitel gute Kinder hat.

Hast denn das Säcklein auch bei dir?
Ich sprach: Das Säcklein, das ist hier,
Denn Äpfel, Nuß und Mandelkern
Essen fromme Kinder gern.
Hast denn die Rute auch bei dir?
Ich sprach: Die Rute, die ist hier.
Doch für die Kinder nur, die schlechten,
Die trifft sie auf den Teil, den rechten.

Christkindlein sprach: So ist es recht.
So geh mit Gott, mein treuer Knecht!

Von drauß, vom Walde komm ich her.
Ich muß euch sagen, es weihnachtet sehr!
Nun sprecht, wie ich's hierinnen find:
Sind's gute Kind, sind's böse Kind?

Theodor Storm

Knecht Ruprecht

Der Esel, der Esel,
Wo kommt er denn her?
Von Wesel, von Wesel,
Er will ans Schwarze Meer.

Wer hat denn, wer hat denn
Den Esel so bepackt?
Knecht Ruprecht, Knecht Ruprecht
Mit seinem Klappersack.

Mit Nüssen, mit Äpfeln,
Mit Spielzeug allerlei,
Und Kuchen, ja Kuchen
Aus seiner Bäckerei.

Wo bäckt denn, wo bäckt denn
Knecht Ruprecht seine Speis?
In Island, in Island,
Drum ist sein Bart so weiß.

Die Rute, die Rute,
Die ist dabei verbrannt;
Heut sind die Kinder artig
Im ganzen deutschen Land.

Ach Ruprecht, ach Ruprecht,
Du lieber Weihnachtsmann:
Komm auch zu mir
Mit deinem Sack heran.

Paula Dehmel

Der Weihnachtsbaum

Steht er da, der Weihnachtsbaum,
wie ein bunter, goldner Traum,
spiegelt Unschuldkinderglück,
all sein Paradies zurück.

Und wir schaun und denken dann,
wie uns heut das Heil begann,
wie das Kindlein Jesus Christ
heut zur Welt geboren ist;

Wie das Kind von Himmelsart
lag auf Stroh und Halmen hart,
wie der Menschheit Hort und Trost
Erdenelend hat erlost.

Also stehn und schauen wir
Gottes Lust und Gnade hier:
Was uns in dem Kindlein zart
alles heut geboren ward.

Blüh denn, leuchte, goldner Baum,
Erdentraum und Himmelstraum,
blüh und leucht in Ewigkeit
durch die arme Zeitlichkeit!

Sei uns Bild und sei uns Schein,
daß wir sollen fröhlich sein,
fröhlich durch den süßen Christ,
der des Lebens Leuchte ist.

Sei uns Bild und sei uns Schein,
daß wir sollen tapfer sein
auf des Lebens Pilgerbahn,
kämpfend gegen Lug und Wahn.

Sei uns Bild und sei uns Schein,
daß wir sollen heilig sein,
rein wie Licht und himmelklar,
wie das Kindlein Jesus war.

Ernst Moritz Arndt

Der Weihnachtsbaum

Von allen den Bäumen jung und alt,
Von allen den Bäumen groß und klein,
Von allen in unserm ganzen Wald,
Wer mag doch der allerschönste sein?

Der schönste von allen weit und breit,
das ist doch allein, wer zweifelt dran?
Der Baum, der da grünet allezeit,
Den heute mir bringt der Weihnachtsmann.

Wenn alles schon schläft in stiller Nacht,
Dann holet er ihn bei Sternenschein
Und schlüpfet, eh einer sich's gedacht,
Gar heimlich damit ins Haus hinein.

Dann schmückt er mit Lichtern jeden Zweig,
Hängt Kuchen und Nüss und Äpfel dran:
So macht er uns alle freudenreich,
Der liebe, der gute Weihnachtsmann.

Hoffmann von Fallersleben

Die Nacht des Heils

Diese Nacht, diese Nacht
der Kerzen, der Lieder und der Freundlichkeit,
ist eine Nacht wie eine jede andere Nacht,
wenn Winter Atemwolken ballt:
die Geländer der Brücken sind kalt,
auf den Flüssen treibt Eis,
auf dem Froste der Länder
liegt Schnee.

Nur ihr seid anders
in dieser einen Nacht
in den festlichen Stuben
um den strahlenden Baum
des verkündeten Heils.
Man kündet euch den Frieden,
der in dieser gepriesenen Nacht
einmal zu Wachenden kam.
Und ihr wollt alle Wachende sein
in dieser einen gepriesenen Nacht,
Wachende, Gläubige, Bereite,
die sich nach tausend wüsten Träumen

plötzlich arglos in die Augen sehen
und wie ein Wunder sehen,
daß sie alle denken Du und Wir.
Doch das ist nur in einer Nacht
im langen Jahr der wüsten Träume,
daß jeder jedem arglos in die Augen sieht.
Der Frost der Träume überwältigt euch
am nächsten Morgen schon, der grausam sich erhebt.
Und jeder will das leuchtende Heil
dann wieder nur für sich allein.

Wenn ihr aber
einmal für alle,
denen ihr in dieser einen Nacht
brüderliche Hirten wart,
bereite Wächter sein wollt,
Nacht für Nacht und Tag für Tag,
dann wird eure Erlösung,

die frohe Botschaft von Lippe zu Lippe,
von Antlitz zu Antlitz,
von Hirte Mensch zu Hirte Mensch,
geboren werden
in jeder Nacht, an jedem Tag
unserer gewehrlaufhart
gefrorenen Erde.

Gerhard Fritsch

Wißt ihr noch, wie es geschehen?

Wißt ihr noch, wie es geschehen?
Immer werden wir's erzählen:
Wie wir einst den Stern gesehen
mitten in der dunklen Nacht.

Stille war es um die Herde.
Und auf einmal war ein Leuchten
und ein Singen ob der Erde,
daß das Kind geboren sei!

Eilte jeder, daß er's sähe
arm in einer Krippen liegen.
Und wir fühlten Gottes Nähe.
Und wir beteten es an.

Könige aus Morgenlanden
kamen reich und hoch geritten,
daß sie auch das Kindlein fanden.
Und sie beteten es an.

Und es sang aus Himmelshallen:
Ehr sei Gott! Auf Erden Frieden!
Allen Menschen Wohlgefallen,
welche guten Willens sind!

Immer werden wir's erzählen,
wie das Wunder einst geschehen
und wie wir den Stern gesehen
mitten in der dunklen Nacht.

Hermann Claudius

Weihnachtslied

Dies ist der Tag, den Gott gemacht:
Sein werd in aller Welt gedacht!
Ihn preise, was durch Jesum Christ
Im Himmel und auf Erden ist.

Die Völker haben Dein geharrt,
Bis daß die Zeit erfüllet ward;
Da sandte Gott von seinem Thron
Das Heil der Welt, Dich, seinen Sohn.

Wenn ich dies Wunder fassen will,
So steht mein Geist vor Ehrfurcht still;
Er betet an und er ermißt,
Daß Gottes Liebe unendlich ist.

Chr. F. Gellert

Komm nun wieder, stille Zeit

Komm nun wieder, stille Zeit,
Krippe, Stern und Kerzen,
Will in allem Erdenleid
Diese Welt verschmerzen.

Zwischen meinen Fingern rinnt
Still der Sand des Lebens,
Weiß nicht, was der Weber spinnt,
Doch er spinnt vergebens.

Was wir vor uns auch gebracht,
Pflugschar rauscht darüber,
Fährmann steht am Saum der Nacht,
Und es ruft: »Hol über!«

Kind und Stern und Dach und Tier,
So begann die Reise,
Und so endet's dir wie mir:
Erste, letzte Speise.

Aus den Windeln lächelt's stumm
Zu der Mutter Neigen,
Ochs und Esel stehn herum,
Und die Sterne schweigen.

Schuld und Fehle rechnen nicht,
Jedes Herz muß tragen,
Scheine wieder, sanftes Licht,
Wie in Kindertagen.

Tief darüber beug ich mich,
Gleichnis allen Lebens,
Ende fügt zum Anfang sich,
Nichts scheint mehr vergebens.

Wenn sich jede Tür verschließt,
Eins kannst du bewahren:
Daß du vor der Liebe kniest
Noch in weißen Haaren.

Ernst Wiechert

Ich steh an deiner Krippe hier

Ich steh an deiner Krippe hier,
o Jesu, du mein Leben;
ich stehe, bring und schenke dir,
was du uns hast gegeben;
Nimm hin, es ist mein Geist und Sinn,
Herz Seel und Mut: nimm alles hin
und laß dir's wohlgefallen.

Ich lag in tiefer Todesnacht,
du wurdest meine Sonne;
die Sonne, die mir zugebracht
Licht, Leben, Freud und Wonne.
O Sonne, die das werte Licht
des Glaubens in mir zugericht,
wie schön sind deine Strahlen.

Paul Gerhardt

Die gute Nacht

Der Tag, vor dem der große Christ
Zur Welt geboren worden ist
War hart und wüst und ohne Vernunft.
Seine Eltern, ohne Unterkunft
Fürchteten sich vor seiner Geburt
Die gegen Abend erwartet wurd.

Denn seine Geburt fiel in die kalte Zeit.
Aber sie verlief zur Zufriedenheit.
Der Stall, den sie doch noch gefunden hatten
War warm und mit Moos zwischen seinen Latten
Und mit Kreide war auf die Tür gemalt
Daß der Stall bewohnt war und bezahlt.
So wurde es doch noch eine gute Nacht
Auch das Heu war wärmer, als sie gedacht.
Ochs und Esel waren dabei
Damit alles in der Ordnung sei.
Eine Krippe gab einen kleinen Tisch
Und der Hausknecht brachte ihnen heimlich einen Fisch.
(Denn es mußte bei der Geburt des großen Christ
Alles heimlich gehen und mit List.)

Doch der Fisch war ausgezeichnet und reichte durchaus
Und Maria lachte ihren Mann wegen seiner Besorgnis aus
Denn am Abend legte sich sogar der Wind
Und war nicht mehr so kalt, wie die Winde sonst sind.
Aber bei Nacht war er fast wie ein Föhn.
Und der Stall war warm und das Kind war sehr schön.
Und es fehlte schon fast gar nichts mehr
Da kamen auch noch die Dreikönig daher!
Maria und Joseph waren zufrieden sehr.
Sie legten sich sehr zufrieden zum Ruhn
Mehr konnte die Welt für den Christ nicht tun.

Bertolt Brecht

Die Heiligen Drei Könige

Die Heiligen Drei Könige, die großen Herrn,
die nachgezogen dem Wunderstern,
in deutschem Land ist ein goldener Schrein,
der birgt zu erhabener Ruh ihr Gebein.

Von der großen Wanderschaft ruhn sie aus,
um die sie ließen Habe und Haus.
Gewaltiger Stern! Da er ihnen erschien
und ihr Herz verwandelt, erkannten sie ihn.

Da brechen sie auf, da ziehn sie von dann',
sie wissen kein Wo, sie wissen kein Wann,
sie finden einander, o Glück hoher Art,
da sich jedem bekräftigt die Wanderfahrt!

Verheißung ernährt sie überall,
sie finden das Dörflein, sie finden den Stall.
Sie finden das Kripplein, sie finden das Kind.
Gott, gib, daß so jeder Suchende find'!

Max Mell

Die heiligen drei Könige

Die heil'gen drei Kön'ge aus Morgenland,
sie frugen in jedem Städtchen:
»Wo geht der Weg nach Bethlehem,
ihr lieben Buben und Mädchen?«
Die Jungen und Alten, sie wußten es nicht,
die Könige zogen weiter,
sie folgten einem goldenen Stern,
der leuchtete lieblich und heiter.
Der Stern bleibt stehn über Josephs Haus,
da sind sie hineingegangen;
das Öchslein brüllte, das Kindlein schrie,
die heil'gen drei Könige sangen.

Heinrich Heine

Wann ist denn endlich Frieden

Wann ist denn endlich Frieden
In dieser irren Zeit
Das große Waffenschmieden
Bringt nichts als großes Leid
ES blutet die Erde
ES weinen die Völker
ES hungern die Kinder
ES droht großer Tod
ES sind nicht die Ketten
ES sind nicht die Bomben
ES
ist ja der Mensch
der den Menschen bedroht

Die Welt ist so zerrissen
Und ist im Grund so klein
Wir werden sterben müssen
Dann kann wohl Friede sein
ES blutet die Erde
ES weinen die Völker
ES hungern die Kinder
ES droht großer Tod
ES sind nicht die Ketten
ES sind nicht die Bomben
ES
ist ja der Mensch
der den Menschen bedroht

Wolf Biermann

Quellennachweis

S. 11/12: »Tannengeflüster« von James Krüss
aus: »Der wohltemperierte Leierkasten«, © C. Bertelsmann Verlag GmbH, München

S. 13: »Zum 6. Dezember« von Josef Georg Oberkofler
aus: Georg Thurmair u. a., »Hausbuch zur Advents- und Weihnachtszeit«, Christophorus-Verlag GmbH 1961.

S. 16/17: »Nüsseknacken« von Albert Sergel, Quelle unbekannt.

S. 20: »Es treibt der Wind im Winterwalde« von Rainer Maria Rilke
aus: Sämtliche Werke, Band 1, © Insel Verlag Frankfurt/M. 1955.

S. 21: »Laß schauen uns dein Angesicht« von Rudolf Alexander Schröder
aus: Gesammelte Werke, Band 1, Die Gedichte, © Suhrkamp Verlag Frankfurt/M. 1952.

S. 24: »Nun duftet Wachs« von Rudolf Alexander Schröder
aus: Gesammelte Werke, Band 1, Die Gedichte, © Suhrkamp Verlag Frankfurt/M. 1952.

S. 33: »Der Weihnachtsstern« von Georg Thurmair
aus: Georg Thurmair u. a., »Hausbuch zur Advents- und Weihnachtszeit«, Christophorus-Verlag GmbH Freiburg 1961.

S. 44-47: »Die Nacht des Heils« von Gerhard Fritsch
aus: Hermann Schreiber, »Es ist ein Ros' entsprungen«, © Paul Neff Verlag KG, Wien 1985.

S. 54-56: »Die gute Nacht« von Bertolt Brecht
aus: Gesammelte Werke, © Suhrkamp Verlag Frankfurt/M. 1967.